# 醜の夏草

*shiko no natsukusa*

大山敏夫歌集

現代短歌社

# 醜の夏草　＊　目次

# I

## Ⅱ

## Ⅳ

# 醜の夏草

# I

## 全黄葉

午前四時に起きて強歩に師は出できさうせず
にゐられぬこと何がある

かかる間もカラスは鳴くか目覚めたる午前四
時のうすら闇のベランダ

ひらきたる鋏のつくるX字まろきかしめのやけに目立ちぬ

ねぢくれて固まる瘤のごときもの揉み解しほぐしやや希望あり

船を漕ぐの喩のゆらゆらとおもはれて椅子に眠たき躰を揺らす

長生きして下さいと言はれ違和のなき齢の域
に入りたるらしも

「年ふりにたるかたち」蒲団へ入りぬると茂
吉は詠みき吾より若く

ひよつとして十代の日の燻りかこの愛恋の情
はしけやし

ゆっくりお休み下さいと言はれをり蒲団も棺
の中も差のなく

政界の動向見つつ昂揚も怒も落胆もすつかり
しづむ

わが少し関りし職場に「ケトバシ」なる機械
あり青きゆふべの記憶

ゆりの樹は半ば公孫樹は全黄葉照る葉の下を
ひんやり通る

小宮守を悼む

会へば口おほくほがらの君にして五十年前も
わが驚きぬ

決りたる入院の日取り知らせ来て二〇一四年
一月の予定びつしり

手術してすつきりするといふきみを喜びてい
まだほとぼりのなか

守の死を伝へきて口ごもる電話のこゑ「冬
雷」に五十年あまりは同じ

「冬雷」が宗教のごとくありたるを思ふこと
あり五十年前

段取りよくつぎつぎ書きあげし原稿がどさつ
といふ重き感じに届く

「冬雷」を代表してここに骨を拾ふ列に待つ
何かどきどきとして

「冬雷」にかかはりて送り来し人らぐるぐる
思ふぢつと立ちつつ

踏み込めず踏み込ませざる領域の在ることお
互ひさまだつたよね

君が孫五人を産みて弾むやうな若き婦人はき
みの血を継ぐ

家族三人不幸秘めてとうたひたる君の原点か
もしれぬ一首あり

「冬雷」をなかに交はりし五十年あまりといへど瞬きのうち

## キャベツ

二分割てのひらサイズが百円玉ひとつにてけふのキャベツ買ひくる

二三枚引き剥がしキャベツの葉を齧るときのあるかも一人食事は

ハリハリと刻みつつプラスチックめくキャベツと思ふ俎板のうへ

キャベツの芯にあつまる甘さのやうなもの嚙み締めて吾は獣《けもの》か虫か

与ふればうさぎも狂ふ如く食ふキャベツの芯は本当《ほんと》に甘い

毎日毎日玉葱半分は食せよと言ふを修行僧の
ごとく聞きをり

## ＰＭ２・５

霧の都ロンドン、東京とうたはれしスモッグ
注意報の出はじめ頃は
スモッグの濃き日は籠れなど言はれしがＰＭ
２・５を見れば恐ろし

ＰＭ２・５の濃くきらふなか自動車がつぎつぎマスクの人もつぎつぎ

中国の市街地をＰＭ２・５覆ひ時どきは風吹き飛ばす

海越えて飛来するＰＭ２・５隣りあひ空つづきの日本、中国

日本をＰＭ２・５に襲へなどジョークにしても黒過ぎるかな

流しの口

使ひ洗ひ繰返しこれにてしまひとす夜食後の
食器流しに運ぶ

流し台の水にゆらゆら浮き上がり運ばれゆけ
り菊の黄花が

よろこびてのどを鳴らせるごとき音水を呑み
込む流しの口は

野菜類選び油など避けながら食事をかさね恬
淡ならず

草食系男子といはるる範疇に甥などもゐて電
話に話す

嫌ひな物なけれど特に食べたきも何も浮かば
ぬ困惑にゐる

## ゴキブリ体操

いつ何処に生れたるかつやつや潑溂と奔るは
育ち盛りのゴキブリ

羽もたぬ細かきは足の素早くてすぐに見失ふ
部屋に幾度も

音たてて飛ぶゴキブリは他所者か網戸の窓の
風がともなふ

跳ね飛ぶありもたもた動くありぢつとしてし
まふあり咄嗟の時はさまざま

噴射式殺虫剤の凄まじさゴキブリが吹つ飛ぶ
やうに転がる

ゴキブリが仰向けになるときを思ふ死へ向か
ひ足掻き苦しむすがた

テレビにはゴキブリ体操するふたり仰向けに
手足ばたばたさせて

# 警鐘

国民を戦場へ送る筋書の着々とまた轟くごとく

憲法改正即ち九条を指しひたぶるに突つ張り
怒濤の寄り身の動き

デモをテロとして取り締る警鐘がひとつ鳴り
渡りその後うやむや

集団的自衛権発動が直ぐにでもある如く急ぐ
動きはけふも

憲法も解釈でどうにでもなるといふ改憲を諦
めて急ぎに急ぐ

秘密保護法デモはテロその後《のち》に来て集団的自
衛権行使容認

オリンピック誘致にも並べたる詭弁私が責任
を持つなど言ひぬ

## 麻布十番

この坂を大樹がおほひ真闇なる夜も通りけむ
祖父の時代は

壮年の祖父が寄りそひ来る感じ暗闇坂を下り
来てのち

昭和八年の写真のにぎはひ麻布十番商店街の
道はひろくて

三階建てビルのおもむき広称寺の裏にこぢん
まり日のあたる墓地

延宝六年この地に移るとある縁起いま六本木
ヒルズすぐそこに立つ

雨降ればぬかるむ墓地でありしころ建てたる
墓石そのままにある

火をつけて立てたる線香一束がひとたび燃ゆ
る煙をあげて

花を供へ墓石を洗ひたちまちに乾く暑さは八
月のひる

見まはすに卒塔婆ひとつだに立たぬ浄土宗本
願寺派祖父母の墓地は

## 草のいきほひ

あれだけの花が咲き種となるのだからねえと
水引を引抜いて行く

根をはりて引抜くに骨を折る前にちひさきを
除去す次から次へ

赤水引銀水引が並び立ち茎葉のちがひ明瞭にせり

日射しなど強くて焼くるちぢれ葉の水引にぽつと紅き穂の立つ

ひとつ植ゑし水引がここに群がりて白きあり赤白混じるもありぬ

珍しと植ゑたる赤斑入り戢草が抜けども抜けども葉を広げくる

ほととぎすも秋明菊も水引も抑へきれざる草のいきほひ

# II

## 歳晩

歳晩はひつきりなしにパソコンの前に坐りぬ
大晦日まで

指先の誤作動おほくなりたるも皆ひつくるめ
齢相応

パソコンを起動して一字打ち込めば堰切りて
動き出す頭と躰

かへりみてこの十五年想定のうちにわらつち
やふ川越暮し

孫子らと食事したるは元日のみ以後川越の雑
務再開

様々にひとの生き方の迫り来る短歌二十五首
纏めて読めば

そんなつもりないのにマイナス思考だと決め
つけられて会話終了

# 皺皺

逆しまに干すことありてぶらさがる姿皺皺わ
がワイシャツは

取込める洗濯物を畳みつつ手ぎは良さ悪さ問
題にせず

滅多にはアイロンかけず洗ひては着るシャツの皺などありのまま

熟睡なき短き眠りの繰返しながらも嬉し眠れることは

## 風

北からの風の通り道凄まじく樹々揺れて軽き
鉢などは飛ぶ

風荒れて花粉を飛ばす杉の群赤くふくらむあ
の山裾は

常緑樹の杉が褐色にふくらみて花粉を飛ばす
風がまた吹く

青野菜

青野菜ざつくと刻む一人分聞ゆるは夜に入りて降る雨

コンビニに買ひて間にあはす今日の野菜トマト小松菜に熱湯そそぐ

驚くほどふくらみ匂ふことなども楽しく飯の
炊きあがるたび

真ひとりの食事一週間つづき成行きとして会
話のあらず

バランス良き食事などには遠けれど血糖値抑
制に効果少々

## 「し」の話

先生十代二十代にあたる歌読めば「し」の誤
用にもみなぎらふ力《りき》

過去回想の助動詞「し」誤用の説知らざれば
作歌は随分楽だつたかと思ふ

先生の指導受け来し人らにも「し」の誤用に
頓着せぬが多すぎるかな

選歌担当のなかに甚だしき「し」の誤用あれ
ば即正す師を継ぐ吾は

放射稲妻

夜の黒き森と紛れて雷雲の盛り上がりきぬみるみるうちに
稲びかり森を照らして弾け散る響きがひとつわが身のふるふ

森の上にとどまる雲が繰返し放つ稲妻投網の
ごとし

弾け飛ぶ束の稲妻そのひとつ光をひけり右へ
右へと

落雷へ至る轟きつたはらずこよひはすべて放
射稲妻

弾けたる花火の火の粉浴びし夜を思ふまで近し放射稲妻

稲妻の鎮まる空より落ちてくる氷の粒か身のめぐりには

くらがりの中に

言はずともよきこと敢へてつけ加へ蜂の巣を
突くごとくになりぬ

すつぽり黒づくめの男ひだまり手にナイフつき
出す朝のニュースも

こんなにも悲しい色と思ひたることは無かり
き鮮やかな朱を

日本人ふたりの死より案の定加速する集団的
自衛権行使

改正ならよいに改悪へまた一歩つよく踏み出
す発言ばかり

くらがりの中におちいる罪ふかき世紀にゐし
と茂吉の嘆き

歌人にも戦争責任のありしかばその轍踏むな
平成の歌壇

さくら

思ひこみはげしき吾は日時などとりちがへ駅へ慌てて走る

ふじみ野の桜はつぼみだつたけど国立に若く咲くを仰ぎぬ

三十年ぶりの桜は太幹の黒びかりして枝押し
開く

重ねたる齢のみごと国立の桜二分咲きいよよ
これから

ほぼ横に十メートルはのびてゐるさくらの枝
を幾度もくぐる

細き枝真上へのびる先つぽにちらほら開く花
がさきがけ

さくらにも世代交替といふが来て伐り倒さる
る古木の多し

ヒマラヤ杉ひとつを見てもこんなにも太りて
聳ゆこの大通り

話などしてみたければ谷保駅へ歩む二人のあ
とさきとなる

## 小蠅

ふりまはす手のなかにたまたま入りたる感じ
なれども小蠅をつぶす

小蠅にもたつといい命があるなどと感傷不要ひ
とつ潰して

日々春に近づきゆるむ印象のなかに湧き出でて小蝿の季節

小蝿にも「五月蝿い」といふ表現がぴつたりと思ふ春はことさら

部屋のあかりこまめに消せば行く先先追ひきて絡む小蝿のひとつ

ぶりかへす寒さの中に降る雨は雪にかはりて
白く落ちくる

臍曲がり

ほぼ十年周期にこれが三度目の肩の激痛は利腕が先

かたまつてしまふ前に痛みに耐へながら肩甲骨より腕をまはしぬ

ガリガリと何か擦れる音のする痛みのひどき
右肩特に

三年はつづくだらうといふ痛み肩は過保護に
するつもりなく

手術後に少しく右に曲りたる臍などはもとに
戻らぬひとつ

臍曲りとみづからもまた妻も言ひ真実曲りたる臍をさすりぬ

## 八柱

早朝の八柱霊園を花さげて早足にむかふ奥まる墓へ

高温の二日が続き立つ桜みな咲き盛り朝からまぶし

早朝の霊園の中にあふ人らまばらながらも花に集まる

花を見に来たるにあらず墓二つ参らむ吾は少し急げる

父母と兄等のねむる墓二つ歩みてまはる生きゐる吾は

歓びの沸き起るなどなき時間過ごすのみ霊園といふ塀のうち

八柱を出でて大多喜へ向ふかなすでに始まる通勤渋滞

安曇野

羽閉ぢて一枚のさまゆらゆらりラベンダーの
花に黄の蝶ひとつ

赤ワインのための畑の葡萄樹は濃く色づきて
赤き葉の照る

葉のみどり黄の輝きの眩しくて葡萄畑の白ワ
インの木

水に浮く勿忘草の群落に花立ち上がる青を掲
げて

ねぢくれぐあひ

お皿なら十枚くらゐ割りたいの言葉になりて
けだるき憤怒

土ほとぶあやふきなかをとほり来てなごりの
泥を靴より落す

目覚めつつすでにどれほど混濁のままにどつぷりあかときの闇

若き日ともつとも違ふ感覚に朝の目覚めありこの鈍重は

がちがちに保つ一徹納豆に山芋摺りてひつかきまはす

裏山に掘りたるものとぶらさげる自然薯のねぢくれぐあひ美し

むかふ先あたりは青きひるの空めぐり降り続く頭上の雨雲

# Ⅲ

## 一月二月

家籠る老人となる消極は吾に赦さず一月二月

未来形あるとも希望の色淡くなりつつ語るこれから五年

おもひ泥むときに奥歯のきりきりと鳴ること
ありてまた始まりぬ

足首をとんでもないかたちにくねらせてさり
げなく立つ若きを見れば

あんなにも躰やはらかかりしこと記憶にあら
ず今まるつきり

腕をまはすことさへぎくぎくしてしまふ事実
に自身愕然とする

太枝を伐られたる面ほのあかく古木のさくら
どつかと並ぶ

咲きはじめたちまち花の数をます梅は幹さへ
はなやぎてゆく

観るのみにこころのゆるむ花まとひ大鉢に金
のなる木はゆたか

写真に見る坂はいづれもどうみても上りだか
下りだか判別つかず

愛用の椅子ながら四つある車わが意にそはず
いつも動きぬ

椅子を使はぬ会議も多いよパソコンも立つて
やつたらと君はまた言ふ

桜桃

吊したるうさぎ見るなど珍しくなかりしと聞く茂吉の時代

黄を過ぎて褐色の葉を落しゐる上山《かみのやま》の桜桃音もたてずに

桜桃と言ふよりさくらんぼの方が好きふかく
色づくもみぢ葉が散る

目をあはせ同時に飛立つ鵯《ひよ》ふたつ阿吽の息と
いふを見たるよ

師の墓

大公孫樹の上半分は黄にそまりきんいろに照る銀杏鈴なり

大公孫樹仰ぐめぐりに音一つまたひとつ落ちて銀杏が鳴る

この古き墓石の下の十六年長きか短きか百歳の師よ

「木嶋家の墓」が隣に立つゆゑに寂しくなし師の眠れる墓石

やや粗き石のまるみをもつ墓の肩のあたりに手を触れてみる

やがて雪に埋もるるものか墓原はいまもみぢ葉のはなやぎのとき

ありあはせの花を詫び手をあはせつつ言はずともよきことも言ひしか

あらためて至らぬ弟子とわが思ひ発行所移転の経過も話す

墓も葬儀も遺されし者の都合にてあれば受け
いれむ死後のすべてを

あさり汁

山まるごと色づく峡に走り入り遠く来れる実感ふつふつ

折紙の兜に赤き「愛」の文字米沢に来たる証にもらふ

あさり汁飲みしなごりのさぶしさは口のなかに噛む砂のじやりじやり

砂を噛む孤独と言ひし喩のありて妙に実感の伴ふ日あり

好きなのでいつも欠かさず買つて来る黒花林糖のふくろ取り出す

珍しく受話器にあかるき会話の声ひろへば楽しその後しばらく

アベシトトリマキ

天皇は象徴にして政治的に動かず言はずしか
にあらずやも

総理の任命はするが国政に関する機能を有せ
ずとある

内閣の助言と承認を得たる後の言葉かぎりぎ
りのその言の葉は

政権の暴走に胸を痛めゐる天皇と思ふ言葉を
聴けば

国政に関する機能を有しない天皇ながら言葉
は響く

フィリピンに行きて天皇は行動す敗戦を体験せし人として

好きになつてもいいぢやないかと又おもひ天皇明仁の言葉聴きゐる

天皇は戦争はいけない悪だと言ふ心して聴けアベシトトリマキ

我武者らに改憲ごりおすアベシラも憲法第一
章にはふれざるらし

## 富士山

駅前に友四人を二十分ほど待ちて今日の晴天が嬉しくてならぬ

上福岡駅前から続く大通り雪の富士山へむかひ走りぬ

腰据ゑるかたちに富士が聳えたちそこをめざして暫く走る

富士を見るだけでこんなに喜ぶといふことまさに日本人にて

すぐ届く距離に見えたる雪の富士次第に遠く小さくなりぬ

窓開き富士が見えるといふあたり指さすのみ
ぞいま姿なく

スマホ

樽状にふくらみゐしかな十九年前初めて持ちたる携帯電話

思ほえば最も辛き日々かさね隠るるごときアパート暮し

人の目を隠れるやうにとり出して話しき出始めの携帯電話

短歌にそんな価値あるか否かわからねど十九年経て懐かしくなし

もうだめといふ訴へのごとき幾つありてのちつひにスマホ動かず

携帯電話が使へぬは何としても困る環境にて
スマホの買替へに走る

電話にメール主にて時々ネット観る程度にて
スマホは能力余す

干しぶだうふんだんに入るちぎりパン喰ひた
くなりて毛呂山へ行く

## 百合の樹の花

雨の予報当らぬ上福岡の空おもひまうけぬの
雪の富士山

花水木も桜もすでに葉のみどり今日の見頃の
花は百合の樹

百合の樹は高きにも低きにも花かかげ下枝の
ひとつ身近を愛す

百合の樹の花を高きにさがすときまともにあ
ふぐ五月のひかり

百合の樹の花は透明感もちて淡き朱にじむ下
より見れば

青あらし若葉青葉を揉み続け百合の樹の花躍
りにをどる

百合の樹の花を仰ぐは四人のみ青葉のつくる
ふかき木陰に

ゆりの花を愛する友は百合の樹の花を仰ぎて
微笑をつくる

はなびらの先端ふかく反返りゆりの花の如く
百合の樹が咲く

花はおほむねをみなにあればまぶしみてあふ
ぎみるときをのこのこころ

都幾山慈光寺

ぢつと書を読む青年をり山深きこの墓地の隅に何を求めて

さつと来て卒塔婆鳴らす六月風土屋文明の墓石のめぐり

文明の墓石めぐりの草を抜き萌え出る鶏頭の
赤芽はのこす

朴の大樹二つのつくる木陰には文明歌碑あり
槻の丘のうた

落葉樹朴は年年葉を落し樹下に朽葉をがさご
そと積む

土屋家の庭よりここに移り来て気骨あり駿河《するが》
台匂《だいにほひ》の若木

墓所いでて下る小径に春紫苑咲きうつぎ咲き
山法師咲く

快晴の都幾山慈光寺やはらかく顔を撫でゆく
六月の風

## 柊の家

赤十字奉仕団支部長等つとめ続け庭には折折
の花を絶やさず

どっしりと立つ老幹にふるひつく如く抱けど
抱へきれなく

小川家に大切にさるる柊のすべすべの葉は樹齢の重み

見あぐれどひたすら高く且つ深く且つ濃きみどりこの柊は

焼け落ちし母屋の炎を浴びし日の傷みより柊も立ち直りけむ

## 川又幸子を送る

またひとり送らねばならぬ時の来てとまらぬ
汗が顔を流るる

落合さん亡きのち川又さん亡きのち吾にまは
り来る文明の色紙

旅発ちの白装束によこたはり化粧すすみゆく
川又さんは

白装束の川又さんはものいはず脚絆巻くとき
白き足みゆ

納棺師の声にしたがひ白装束の脚絆の紐を堅
結びせり

川又さんが胸に抱きゆく頭陀袋六文銭の一枚
わが入れしもの

棺まではこべる数歩九十五歳の小さき躰にわ
れの手もそふ

花は残さず入れよと言はれ幾度も幾度も棺の
川又さんを飾りぬ

抱かせてもらふ川又さんの遺骨ずしりと胸にをさまりてきぬ

「冬雷」をささへくれたる川又さんも逝きて梅雨がすぎ夏まつ盛り

適齢期

このひとはもう危ないといふ予感また当りテレビの訃報テロップ

年の順にあらねど榛原駿吉が「死の適齢期」と言ひだしし思ふ

政府さへまだ働ける齢《とし》だといふ範囲にをりて
七十間近

栗原サヨさんを悼む

六月の慈光寺行に寄り道して栗原さんに逢ひに行けばよかつた

正月の出雲伊波比《いはひ》神社雑踏にでくはしし栗原さんの微笑忘れず

大龍蛇の雷電池《かんだちがいけ》への練り歩き栗原さんのふる里の話

自然体のきほはぬ歌を作り続け迷ひなきさまに逝きたまひたり

車とばし間にあはせたる通夜の席写真の栗原さんにまづ頭さぐ

われにむかひほほゑむやうにおもはれてああ
暖《あつた》かい栗原さんの写真

青年のやうだつたと吾の印象をいふありその
時はみな若かつた

# 古稀

われやうやく七十歳の生日を迎へたちまちひ
と日は過ぎき

その都度に重大として迎へ来し五十歳六十歳
そして七十

七十歳に至れば父の享年を越えていよいよ父
が間近に

古稀といふ祝ひ設けず凡凡に七十歳の日々を
生きゐる

雪隠に倒れしのちの昏睡に逝きしかば父は言
葉のこさず

結局は大した事を考へてゐたと思へず父の場
合も

父逝きて母にはアルツハイマーのいでて激動
すわが三十代

七十歳過ぎて次なる目標の七十一が日々迫り
来る

五年ぐらゐは大丈夫だと言ひゐし父その後二
年も保たせ得ざりき

辣韮のやうに老いたる風貌の五年後などに関
心はなし

あと五年くらゐもたむとながめつつ額にはり
つきてほそる髪毛

五年生存したるは想定のうちにして喜びは失禁遺尿なき日々

寝る前の儀式の如きがおのづから生れて他人《ひと》に見せるものでなし

家族にも秘むる状態のありしかば一人に眠る川越暮し

表現者としての文飾すこしあり老の独居を嘆くこの声

清々しき老後なんてないと蹴られたる一首を思ふみづから老いて

美女の横に惚けたる爺のごとくをりこれだから写真に写りたくなし

# Ⅳ

## 表紙絵

桜の花にこひする川又さんの歌新しき冬雷表紙画となる

届きたる冬雷表紙画どきどきの気持おさへて包み取り出す

包み紙に絵の具の油はり付きてばりりと匂ふ
桜あらはる

桜の花は白かピンクかあふぎみる時の心理に
ひとはしたがへ

桃色のもりあがり立ち上がるいきほひは轟く
ごとき男のさくら

ごつごつとしてゐるやうでたをやかでさくらのはなにうねる波あり

かをりつつ盛り上がり咲くはなのうへ緑に暮れてゆく空がある

暮空にひろがる赤き雲の層さくらの花と照り返しあふ

深更に眠らずにゐて満開のさくらばなおもひ
短歌をおもふ

柚子ジャム

美しき黄の光沢粒ぞろひ柚子を並べてしばし
眺めつ
蜂蜜と砂糖に漬けてみることも考へて八個は
多すぎるとおもふ

貰はねばジャム煮ることなどあらざらむ柚子
刻む種を抜くこれが八個目

柚子の実にこれほど種がこびりつくことにあ
きれてしぼり出しゐる

ジャムに煮てとろみを出すに必須だと教はれ
ば柚子の種を集むる

巨木にも定義のありて小川家の柊の古木あたまを過る

握りてもひびらくことのなきまでに小川家の古木柊の葉は

## 春山

春山のいたるところにわきたちてなびかひけぶるひのきの花粉

みやびなる春の霞といふのならよからむにけぶりたつたつ花粉

萌えいでてやはらぐ春の山の樹々もくもくおほふ花粉に濁る

辛夷の白はなももの紅あざやかに並び男の眼を刺激する

洗車してきたるくるまにふりそそぎ花粉の粒の作る縞しま

凄まじく花粉を飛ばす山の樹々霧らふ若さを
とほく見てをり

虫嫌ひ

おひつめたるごきぶりぱつと逃げさりて侵入
路の隙間ひとつつきとむ

かつて足長蜂が群がり入り来たるキッチン換
気扇はごきぶりも来む

ごきぶりがふつとんで死ぬ殺虫剤いくら掛けても小蠅は落ちず

大嫌ひな小蠅がひとつつきまとひ苛立つなんてまだまだとおもふ

## 孫

すれちがひにどれほど会はずゐたるやら年明けて一年生になるといふ

ひどかりしアトピーもをさまり長き足ああのびのびと走り回りぬ

畳の上はふ目と爺の目のあひて戦きたりきあ
れから五年

成長する孫と縮まりゆく爺と対比して見る言
葉にせぬが

こんにゃく

テレビ見ればこころ悲しきことおほくとりわけ国会関連ニュース
駆け付け警護の訓練見つつ襲ひ来る悲しみのあり不安を超えて

あの訓練で本当に駆け付け警護するつもりな
のかと言葉を呑みぬ

つぎつぎと法案強行可決してぶれない内閣力
増し行く

国会中継に般若心経唱へられカジノを許す国
へ踏み入る

神道が教育勅語に繋がりてその勅語を道徳に
繋ぐ何かが

政界のこんにやく一つほどなるを貯蓄せむと
し爪に火ともす

## 暖系の音

わが狭き人脈のなかのどのくらゐ今年の物故者の傍線たどる

訃報ひとつありたることを電話して手許の寄贈先リストより消す

独居老は隣も同じポロロンと絃弾く音らしきを漏らす

まだ続けてゐるらしく折に聞えくる絃を爪弾く暖系の音

やうやくに曲となりきて絃弾く隣室の音に騒がしさ消ゆ

隣室や上階に人のゐる気配あること楽し独居の吾は

豊葦原瑞穂の国

もう少しで「安倍晋三記念小学校」ができた
かもしれぬと考へこみぬ

とほき明治の国体にひた戻りたき合言葉らし
「美しい日本」

こんなところで涙こみあげてくるなんて困り
ぬ国会中継観つつ

ちらほらが一気にみちて咲きうねり散りくる
ふ四月この桜樹も

飛花すぎて桜蕊降る四月の日々こがれ待つか
な青葉若葉を

柿若葉さくら若葉と萌え出でて梅の実がまるくふくらむ早し

先端のとんがれるもの撫で肩のもののもありまるき木姿のよし

豊葦原瑞穂の国はうちひろごり田の青明きみどりの山々

## ユリノキ

十一月中旬となりユリノキはもみぢしてゐき広葉照りつつ

茶に枯るる花の名残りをとどめたる枝えだ揺れて寒のユリノキ

萌え出でてこのうへもなくしやうじやうと透
くちひさき葉みどりの広葉

この花が咲かばすなはち一年がわれにすぎた
る動かぬ事実

友ら来る日取りにあはせ咲きくるる花だとお
もふこのユリノキは

去年より花数おほく誇らしげ枝葉のなかのユリノキのはな

良く花をつけるユリノキだと言へば本当だねえと友ら頷く

咲かせ放し散らせ放しにのび放題このユリノキに花あふれ咲く

草や木のおもひのままにつちかへよ縛つたり
伐つたりせぬが善からむ

## 牛歩

いまもつて牛歩などといふ抵抗の選ばれて馴染みの幾人並ぶ

幾たびか牛歩は見しが退職後無職にて朝から観てゐる吾は

長く永く並ぶ牛歩と思へぬに「あと二分」の
宣告吾も驚く

少数派の選ぶ牛歩をどう観るか追ひ詰め追ひ
詰めらるる水際

茶番茶番と嗤ひあふらし牛歩する少数派をぐ
しやぐしやに潰して

数名の並ぶ牛歩にどんと構へ見守るほどの余
裕はなきか

## 短歌

「短歌など作つてゐる場合ぢやありません」
誰の言ふとも哀しき言葉

歌作りの最期を幾つか見て来しが「短歌など」と言ふ時はおしまひ

子や孫は大切にしつつ一度だに生き甲斐とし
て見たることなく

なあさうだらうと肩でも叩きたい若ければそ
れで済みたるものを

おもひきつて削除するのみに生れかはるやう
になる歌をこの人は作る

選歌に当る度に睡魔に襲はるる人がゐて都度
少し寝ころぶ

歌を作ることも選歌をすることも格闘技に近
しとまたおもひたり

# 壁の花

叫ばねばならぬトランプの背後には壁の花の
ごとき男女が並ぶ

時折に笑みもうかべて喋りまくるトランプの
背後の男女らもザワザワ

トランプの後ろにならぶ男女らの毳毳しきよ
何ともアメリカ

あの場所に並ぶだけでも特権の駆使あらむト
ランプの背後の人ら

ナチスめくハイルトランプの声も出て繰返す
轍をまた思ふなり

Twitter《ツイッター》好まぬわれはトランプの軽軽細切れ演説も厭

トランプは口数多く今日もをれど政治の中枢にあると思ひえず

側近の辞職更迭つぎつぎとそして仁王立ちトランプの巨体

トランプは商売人か政治屋か何がしたいのか
さらにドロドロ

鶴ヶ島白鬚神社

おもひのまま伸びて勢ふサボテンに寄り来て
四人先づは見上ぐる

土の上に盛り上がりたる根の太さその上に立
つ棘に鎧ひて

どれほどの日数咲き続けゆくものか泡粒に似て蕾つぎつぎ

棘を避けて摘めば脆き生き物の温みの伝ふ二本の指に

ノコギリに切取りてもらふ腕ほどのサボテンひと節蕾も共に

新聞紙にねもころごろに押し包むしばしサボテンを眠らすやうに

サボテンは鈍いから切取られたる事も気がついてゐないかもと友言ふ

鶴ヶ島白鬚神社の神欅「冬雷」繋がりのわれらを迎ふ

白鬚はしろあごひげとつぶやけば人間臭し神
坐す杜

月下美人

ツイッター好まずFacebook《フェイスブック》やらずライン
に加はらずスマホは弄る

無料アプリ無料情報つぎつぎに舞ひ込めど無
視或いは削除

鳥籠と魚籠のちがひ考へて一歩も出でず白き
壁の内

営業ツールにありたるゴルフまつりごとの最
中につかひ笑顔のふたり

どうしても戻れぬ夜のスケジュール月下美人
の花を見外す

五センチも縮んだのよと言ふ声すたのしさう
なる弾力もちて

当確

選挙速報始まると直ぐ当確の出続けてほぼ大勢決る

一度だに出口調査に出会さぬことなど思ふ速報見つつ

おほかたの当落決りたる後の速報も惰力で見続けてゐる

安保法制に反対は少数派と思はぬに今日の選挙の結果ぼろ負け

当確のまたひとつ出て改憲に与する数がふえにふえ行く

わが票がやうやく当確に繋がれど限りなく死《しに》
票《へう》のごとしと思ふ

竜巻注意報出てゐる今朝は晴れわたり青葉の
森にすこし風あり

# V

## 郵便ポスト

早朝六時三十分収集あることに救はれて緊急
の葉書出しに行く

深夜にて車少なき国道を斜めに渡りコンビニ
目指す

「あずきバー」一箱買へば済むもののショートケーキふたつセットも買ひぬ

室いでて降りくれば目にとまる距離郵便ポスト立つ輝く姿

十数年ここに住みもつとも嬉しき事この大型の郵便ポスト

## 雪

自動車を掘り起こすほど雪を掻き続けて人のはばを確保す

鳴きたつる声いつの間か鎮まりて犬小屋ひとつ雪にうもるる

雪あがりあけたる朝の青き空透明硝子とほして迫る

屋根の雪融けてしたたり落つるおと霽れ行けよきみの塞ぐうれひも

河原には融け残りたるはだら雪青テント幾つ枯れ草のなか

## 金属音

このひとと暮らしてみたらああなるかかうなるかなど今はおもはず

森の上あたりの雲のはれゆきてみどりにちかき空ののぞきぬ

みどりの実黄の実くさぐさ日に照りて柑橘樹
目立つこの道筋は

うらさむく透く黄の花は臘梅か手入れ行き届
く枝にびつしり

猫柳の花穂の銀毛ふくらめる枝先が塀のうへ
に弾めり

ぐんぐんと女生徒の足の漕ぎまはす自転車に
われは追ひ越され行く

頭下げて出でたる直後施錠する金属音すどき
んと重く

## ふるさと

亡き母のふるさと吾の古里とほっと息つくみどりの山々

流れふたつぶつかりあふ狭き川のほとりわが生れし場所橋に見おろす

五年ほどここに育ちきわが母の川端オッカア
とよばれゐし日々

日本中みんなが貧しかつたのだと思へど切な
母の話は

西畑の母のはたけの痩土にへたり込みつつひ
もじき記憶

耳のなかをびゆうと風吹く空腹感いふとき母
はすこし笑へり

ひもじくて此所に哭きたるをさなごの兄等も
母もみな過去のひと

## 鳥のうたがき

ぐわびてうのこゑはこれです鳴き交す粘りその艶鳥のうたがき

親切に河鹿のこゑを聞かせくれスマホ操る二本の指が

膝の上のバッグがばりと押し開くをみなの横
にゐてどぎまぎす

かの時に羽生結弦の漏らしたるoh my God！
俺が言ふとは

赤き靴穿けるをみなの細脚を見てはならぬと
われ見ざるなる

長嘴

一本の樹として目覚めゆく如きおもひのあり
き若き日ありき

目覚めたるめぐりに風のそよと吹く感じあり
けふの吾の始動は

六時過ぎ七時過ぎ八時迫るころ窓下の道路騒音頂点

雅あり気品ありその瞬瞬の仕草にむかひ威圧されゐる

丹頂の長嘴《ながくちばし》の動きして君が指先に延びたる箸は

すすめくるる箸を貰はずフォークにてサラダ
一皿刺しては食ひぬ

寝るほど楽はないともいふが楽ちんとまこと
思ふは少しのあひだ

## ベンチ

はなさきのコンビニ前に大型ポスト出来てかたはらにベンチも置きぬ

酒類の自販機も灰皿も椅子もあるコンビニ前にをとこら集ふ

なぜこんな夜中のベンチに集ふのかみな高齢
者括りの男

心地よき場所と言ふには寒すぎるベンチに掛
けて男が四人

集るは不良親爺らとでも言ふか煙草の火四つ
闇に揺れをり

ホームレスは地熱で温み寝るのだと言ひし翁
あり笑みをうかべて

Ⅵ

## 醜の夏草

車道脇アスファルトのうへ大荒地野菊の太茎
ひとつながりに
排気ガスあびて泥など乾びたる茎葉ふとぶと
醜の夏草

大荒地野菊の根もとに狗尾草《ねこじやらし》雀の帷子穂先の
震ふ

アスファルトの上にわきたつ熱風を蹴りて歩
めばゆらぐ青草

靴の底熱く顔にはまとひつく熱気熱風鋪装路
行けば

昼食のために出でたる数分の歩行に汗をしたたらせゐる

自動車の通れば都度に風を生みひと吹きまたも熱風《あつかぜ》おそふ

男らしきよ

掻き混ぜて回して捏ねてばちばちと粘ればま
こと男らしきよ

ばちばちと粘りに粘る糸をひくところまで今
朝も掻き混ぜてゐる

生卵ひとつ落すが定番といふか知らぬが今朝
の仕上げは

納豆に豆乳豆腐きな粉味噌わが絶やさぬは大
豆の仲間

喰ひ足りて戻る椅子にてまた観入るこの油絵
の透明の水

# あとがき

おもいがけず新歌集を作ることになり、ざっくりと二〇一四年から二〇一九年までの作品を対象にした。最初は二〇〇六年より二〇一三年までの作品で『朝昼夜』という歌集を作るつもりで準備したのだが、手違いがあって後回しになった。

歌集名「醜の夏草」には、簡単に言えば「草魂で頑張るぞ」というような思いを籠めてある。「草魂」とは、わたしの若い頃に活躍していたプロ野球の鈴木啓示投手の言葉で、やはりプロ野球や大リーグで活躍した上原浩治投手の「雑草魂」と同義だが、わたし的には「草魂」の方が近く感じられた。当時の懐かしいテレビCMで、この大投手に「投げたらあかん」と言わせるウイットに富んだ場面があった。ハハと笑わせておいて、次第にじっと唇を噛み締めてしまう趣が、わたしを奮い立たせたのだ。

作品発表順にはこだわらないので、特に発表年を記さず、概ね発表順にはなっているブロックを六つに分けることにした。「冬雷」がほとんどだが、他に「短歌」「短歌研究」「短歌現代」「短歌往来」「短歌新聞」「現代短歌新聞」等に発表した作品も含まれている。機会を与えて頂いた各編集部へ感謝申し上げたい。

これら作品の背景となるのは、周辺の先輩や友人を多く失ったことや、冬雷発行所を自宅に引き継いで「編集発行人」となったことから来る多忙な日日である。冬雷は歌壇のさきがけとして、印刷用完全データを内製化しているが、この選歌、割付、デジタル文書化、組版、校正、そして訂正作業、下版作業までのすべてに関与し、さらに約二年間は発送作業も兼務していた。つまり間断なく冬雷の仕事が埋まり、よく言う「病気になる暇が無い」忙しさだった。

「投げたらあかん」と鈴木投手の声が今も聞こえる。自分の作品をどうこうするより、会員の皆様に少しでも居心地の良い誌面を作る工夫が優先した。島木赤彦が、「アララギ」を六百部から千部発行の雑誌にするために粉骨邁進した姿を思いながら、ああいう目標値を定めて自分も頑張ろうといつも思った。

歌集など、もう作らないだろうって考えていたが、現代短歌社の真野少氏のお誘いに心が動いてしまった。人生って、ちょっとの先も分からないことって多い。歌集を作ろうって決めたこと、しかも結果的には、しっかり準備していた訳でもない時期を対象とするものに決めてしまうとは。不思議だ。

縁あって装丁してくださることになった田宮俊和氏にも、御礼申し上げたい。

いまはただ、この『醜の夏草』に幸多かれと祈るのみである。

二〇二〇年七月　大安の日に

大山敏夫

冬雷叢書第98篇

歌集　醜の夏草

著　者　大山敏夫
〒三五〇―一一四二
川越市藤間五四〇―二―二〇七

発行日　二〇二〇年九月四日

定　価　二七〇〇円＋税

発行人　真野　少

発　行　現代短歌社
〒一七一―〇〇三一
東京都豊島区目白二―八―二
電話　〇三―六九〇三―一四〇〇

発　売　三本木書院
〒六〇二―〇八六二
京都市上京区河原町通丸太町上る
出水町二八四

装　丁　田宮俊和

印　刷　創栄図書印刷

製　本　新里製本所



ISBN978-4-86534-342-7 C0092 ¥2700E